U0618143

夏　商

原名夏文煜，祖籍江苏。
1969年12月生于上海。
中国作家协会会员。著
有长篇小说《东岸纪事》
《乞儿流浪记》《裸露
的亡灵》及四卷本文集
《夏商自选集》。

一念一世界

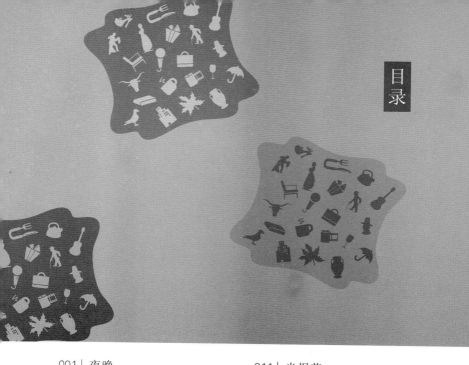

目录

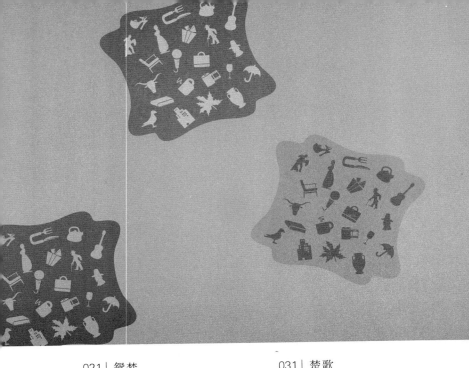

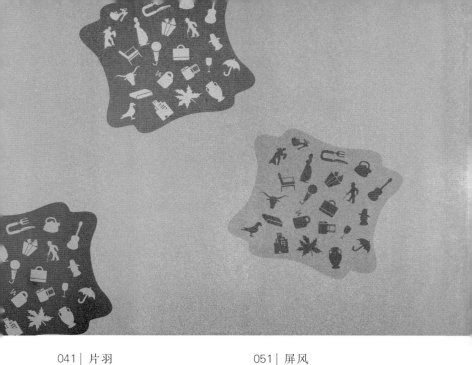

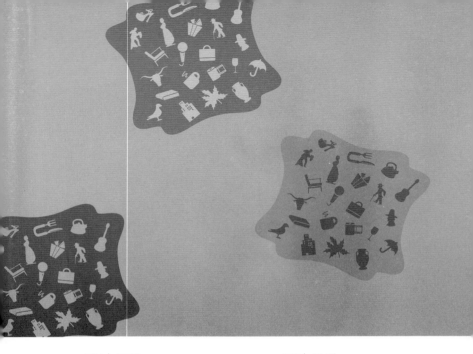

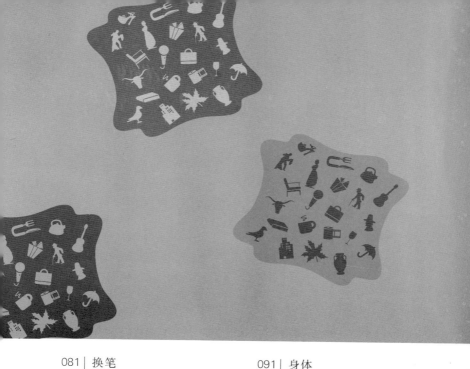

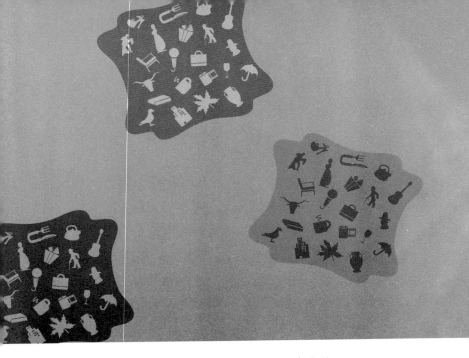

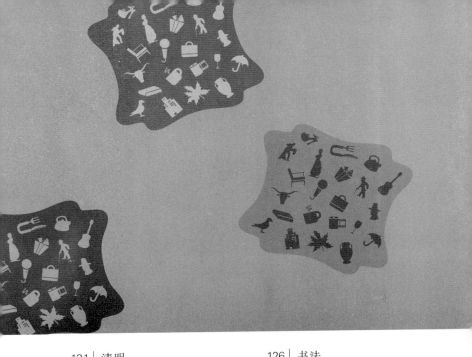

夜晚

这是 2011 年秋意中的上海，江南的傍晚在落叶里泛黄。苏州河边的小贩收摊回家，桥底下蟋蟀唱歌送行。远处一个姑娘固执地穿着短裙，露出今年最后一双美腿。静安的轮廓陷入昏沉，那幢烧焦的大楼却特别清晰。魔都的星空倒映水面，顺着河水流向社会主义深潭，而夜晚的语言，也被一只雀鸟衔进了树冠。

小说

　　写完《东岸纪事》视力减退，世界在瞳孔中愈发模糊。天气晴朗的日子，我领着阴影行走。漆黑的夜里，阴影裹着我离开。青春种植在浦东腹部，我在田间随意采风。鹅毛笔沾着乡村的朝露，将历史誊抄在羊皮手卷。小说是原本就有的存在，作家只是将它找了回来。回忆最接近世界尽头，老夫能否拿到 2012 的船票？

窗帘

　　是谁点亮了天光,光影撕开窗帘。眼屎糊住的双眼虚睁,遥控器唤醒音箱。旋律像小矮人跑出来,躲在房间各处。昨夜睡了一千个还魂觉,魂魄这时才溜达回来。儿子上学去了,留下餐桌上的脏碗。换张碟,小娟的老歌慵懒得像挠痒痒。一把钝剃刀,下巴在镜中渗出血。不知今天是全新的日子,还是昨日的借尸还魂。

落叶

　　昨夜这样的雨，下一场冷一场。上海最难熬的时节来了，秋裤党党员重新归队。流浪猫从灌木挤进静安雕塑公园的早晨，霜冷使铸铁像提前冬眠。光影离开枝头，带着树荫睡去。一些人一些事，一些风卷走落叶。眼里吹进灰，只有泪水才能将它冲走。人与人之间，永远无法相遇。世界是美好的，归根结底是无意义的。

万圣节

　　万圣节的夜晚,被淋湿的城市脱下了雨衣。偶遇的痴男怨女,无须面具也彼此陌生。枯骨发芽,孤魂野鬼借着萤火虫画皮。灯泡里响起糖果的尖叫,胆小的姑娘非要看南瓜灯内部。我清了下喉咙,宣布一个真实的灵异事件,就有胆小鬼跑开,顺便带走了耳朵。我讲鬼故事总是不动声色,结尾是僵尸浮现在镜子之中。

预习

　　生病卧床,世事如溃败的鲜花瞬间腐败。虽是小恙,所有的故人旧事堆在床头。人是卑微的小动物,几分寒热就蜷缩成一团。咳嗽时肺掉在了地上,菌丝把咽喉绑得严严实实。含一颗药丸,开水太烫无法送服。苦味在口腔里漫漶,这一切只是老来重症的一场预习。死亡是没有翅膀的翱翔,我是否提着头发就能飞起来。

哲学

　　晨曦与我在花园里停留,光合作用试图将耳朵变成叶子。庞大的工蚁早起觅食,仿若地铁里匆忙的人群。人为什么活着,难道只是用一生寻找死亡的入口?人生是时间的殉葬品,每个人都有一次被祭奠的机会。生命中不能承受的轻盈,鱼肚白的黎明还太新鲜。想不明白的事就交给哲学,所以哲学的问题越来越多。

祖母

缠足的祖母生于辛亥元年,念佛是她晨起的功课。传说由她上溯,夏家媳妇吃斋十三代。祖母一字不识,倒记得每个亲戚的生辰八字。长孙在她心中最大,买个米面饼却面呈难色。清贫是她一生的底片,冲洗出无齿的瘪嘴笑脸。我身边没有祖母相片,但她的样貌记忆长存。从 1911 到 2011,一百年的中国依然颤颤巍巍。

监狱

立冬如腊梅抽出一枝寒冷,墙角的苔痕正大规模消瘦。对面窗户的轻纱虚掩,遮住了想象中更衣的美女。楼顶的避雷针缘何不挂五星红旗,难道怕被雷电击中?微博上人来车往,已经发生了几桩交通事故。雾霾的城市由此及彼,每个天朝人氏都没有特供空气。那名酒驾的校园民谣手刑满释放,来到了更大的监狱之中。

母语

　　书架上的书脊如同墓碑,用文字收纳人类的秘史。抽出一本,就唤醒一个灵魂。吴刚拔出斧头的时候,桂树的伤口再次愈合,而在西方哲学的某个山谷,西西弗斯的石头也同时滚下了山脚。此刻我这样一个文学采花贼,守在母语的街心花园等候一场艳遇。人生是一场不能回放的电影,没有前传也没有续集。

光棍节

111111光棍节,婚姻课的留级生关上书本。爱情这门功课看似简单,我是差生懒得再学。陌生男女终身厮守,听上去就像伟大传奇。缘份宛如生活的灵犀,恋侣都有各自来历。相爱是瞬间的绚烂烟花,相处则是冗长河流。单身的日子骑着单车,孤独与寂寞在街角拐弯。教科书上没有标准答案,我已放弃升学考试。

失恋

　　两个失恋的姑娘跑来，试图将我当成知心哥哥。爱情若有道理，世上哪会有痴男怨女。过去的好时光永不再来，何苦再去倒拨时钟。喝瓶烈酒跟往事告别，醉倒前写一封遗书一样的情书。我假扮麻辣情医，却知大道理都在骗人。送你们去最后一班地铁，冰冷的雨突然滂沱。要明白没被爱摧残过，如何能够长大成人。

敌人

　　从不奢望被所有人喜欢,甚至故意与某些人为敌。讨喜实在是卑微的勾当,迎合意味着丧失自己。没有仇家的鞭挞,如何给内心以力量。笑傲江湖秉承的不是自尊,敌人这面镜子映照出你真实的段位。与时间下棋永远是输家,博弈的手势凌乱而慌张。宿敌是人生珍贵财富,没有刀光剑影你如何自处。

老歌手

越来越多的老歌手组成拼盘,忧伤的情歌歌词泛黄。弹拨吉他浅唱民谣,衰白的鬓毛少年不识。时光残忍过得太快,光阴的故事你的眼神。音乐响起点亮夜穹,歌手的嗓音已然喑哑。灯火炙热烤焦睫毛,闪烁的泪光濡湿旧梦。跟着音符全场唱K,野百合的春天归去来兮。此情可待与往事干杯,青春组曲一片狼藉。

美人

    一个美人容颜渐老,饱经风霜的面容藏满爱情。伊人静坐岁月之侧,素暗的长裙遮住哀愁。光阴的树瘤堆积情愫,用什么纪念春天的初吻。突然之间日子旧了,挂历里的柳丝不再抽芽。那边飞来两只蝴蝶,是否梁祝谁也不晓。翠绿的草蛉停了一秒,振动薄翅去池塘求偶。一生水,水生花。花生四季,四季万物花开。

感恩节

当我走在凄清的冬季，口袋里的回忆一路随行。自由的射手躲在云巅，感恩节和我同一个星座。首先我要感谢父母，带我来看世间风景。也要感谢亲朋仇家，你们的五官同样清晰。祖辈凋零坍塌了人生之墙，死亡不过是落叶入泥。儿子的到来张灯结彩，却叹情歌失去伴奏。

爱别离

　　书籍与影碟搬走了,哀伤莫过爱别离。一些残留的老照片,偶尔人从画上走下来。外滩的初次合影不知所踪,江堤也已旧貌新颜。回忆仿佛载着四季的马车,沿途风景皆成黑白。皮肤与精神的双重洁癖,镜中之人分饰两角。幸福的爱情丰腴肥美,遗憾的爱情骨瘦如柴。

死亡

　　记得曾徘徊在横滨街头，小规模墓群将民居隔开。石碑像灰白色的沉默，乌鸦掠过亡灵的天空。未成年时我便写下：生若是花朵死即是果实。日本河汇入太平洋深处，黑色小鹰在飞。洞识死亡的真谛，对每个人都是灵魂训练。本质上我们不是在学习如何生活，而是在学习如何死亡。

苏州河

　　下雨的夜很深,派生出更多的夜。飞虫被淋湿薄翼,趴在窗上喘息。南方忧郁的我城,完全闭上了眼帘。那些树沿着苏州河行走,慢慢走成一片树林。普洱已泡不出颜色,茶几上的旧版书也已倦怠。这样的雨是冬天的信使,告诉我最冷的季节即将来临。后阳台传来洗衣机的颤栗,一件深秋的单衣正在甩干。

幽灵

　　教科书必定改写,农夫用锄头制造粮食。历史的炊烟尽头,河流干枯成泪迹。头戴斗笠的民族,手握千言万语。盲人读懂了唇语,巨大的阴茎插入历史。当铁驹压过万里白云,寒冷夺去了夏季的贞操。消融的雪花,分娩出王朝的幽灵。史上最卑劣的共和国,挂在城楼的肖像似笑非笑。在某一个人间,到处都在奔丧。

鸳梦

　　恋爱是一种病,情歌忘记了填词。月有圆缺,织女牛郎望穿秋水。人有悲欣,故爱旧欢见面不识。失恋的创伤最难结痂,只因参不透情深缘浅。何苦非得寻逐真相,"不爱了"就是残酷谜底。别再痴缠为何分手,正如相爱没有理由。给自己写了一封情书,没有邮票怎么寄出?

月全食

月全食衬在黑卡纸上，光晕正在褪去。冷意被玻璃窗拒绝，夤夜中天狗龇着獠牙。这是冬天撕开的帷幔，柴可夫斯基的琴声从白桦林升起。莫斯科红场人潮汹涌，红月亮挂在俄罗斯树梢。广寒宫的故事老掉了牙，嫦娥比沙皇更孤独。周遭的一切过于静谧，没有鞭炮将天狗逐走。月亮其实未变，变的只是世界的眼神。

生日

　　12月15日零点,己酉之啼再次响起。一个男婴的诞生对世界无足轻重,那天的浦东严寒彻骨。白莲泾束紧了六里桥的腰身,周家弄的麻雀被冬天掩埋。我对父母的爱基于对他们的抱怨,为何带我来人间分享艰难。摆脱襁褓的男孩站上竹椅,这是能找到的最早影像。光阴流过了42年,今夜的流星雨唤醒了儿时面容。

活着

　　一个惶惑的女孩问：活着有什么意义？我说我们不是为意义而活，活着本身就是意义。岁末的晚钟敲醒晨曦，新日子的反面是旧日子的遗骸，死亡像扔进湖底的一粒石子，涟漪漾出一生悲喜。留在此刻的一匹黑猫，静止于时间的挂历。新生是死亡的参照，为后人腾出空地。守灵人提着灯盏，走在交叉小径的花园。

自画像

　　在喧闹的月光下，我用象棋摆放人生的残局。输赢
不能再来一次，唯一的博弈尘埃落定。生活始终大于我
的想象，无论如何都不必借助悔棋。执一把伞，急风暴雨
便可在体内平息。其实我才是自己的猎人，别人怎么能
将我俘获。像珍惜自己的缺点一样，守在楚河汉界一侧。
绘一幅自画像，比画灵魂更难。

耶诞

据说从这一天起,白昼将会延长。冬春相交的日子,男婴在马槽里啼哭。圣诞是广义的名词,释迦牟尼的降生也可套用。记得 1988 年的这个夜晚,和兄弟们去南宫通宵达旦。虽然对耶稣一无所知,却是我们的时髦节日。狂欢的舞厅充满酒精,我大胆吻了一个陌生姑娘。轮渡口遗失了电话号码,初识即成永远的告别。

岁末

纵有误解，亦是人生馈赠。善待身边每个人，是祖母与父母的教诲。岂能尽如人意，但求无愧于心。人过不惑，灵魂锦衣夜行。我的信条是：长眠时不亏欠这个世界。无需悼别，也带不走皮囊。滚滚红尘不去苛求往来之人，有缘相守无份缅怀。将 2011 摊成一册书，阅后即焚。

元旦

寒冽冬日，薄雾涅白。万物冬眠，唯人类痴狂。多少如花美眷，被香闺耽误。多少浮云苍狗，皆化烟尘。有人来有人去，俱不必提，却放不下那些破事，永无真相，而屈死之冤魂，何日满血复活？路上飘着的人影，乘千夜百昼踏破赤县，新鲜的鬼魂被风拾起，隐入元旦的苔痕。2012年第一个凌晨，立此存正。

新岁

　　新岁伊始,星月嵌入薄冰。没有人看见草生长,一如有人看不见历史。有人唱恋歌,有人唱挽歌,说谎的归说谎,哭泣的归哭泣。一洼脏水,不会被月光浸白,而黑暗的情节,比黑更黑。春风躲在树下,和往年并无不同。我之所以安于小屋一统,盖因千山万水载不下内心之波澜壮阔,还不如,将心思放在一盏茶壶里。

下雪

　　上海下雪了，立刻又化了。清醒时写小说，混沌时思考爱情。冬天的疾风吹得头疼，酒精在胃里复活。清醒和混沌之间，写不了小说也思考不了爱情。吞一片寂寞，想想宇宙和哲学这样的大问题。电台里说有人在金陵被枪杀，房檐和街上无一丝积雪。通缉令里有赏金，血迹从冬季蜿蜒到春天。必须承认，畏寒总是从手足冰冷开始。

楚歌

乱翻书,不小心回到楚河汉界。天边的一角布料,启明星是最亮的纽扣。乱阵中的马车,虞姬掀开了一帘悲剧。韩信从胯下钻过,樊哙的狗肉香气扑鼻。楚歌越过乌江,鸿门宴已刻入竹简。项羽的盔甲锈迹斑斑,江东的忧伤被河水挽留。鼾声在宫廷深处,张良的归隐媲美范蠡。用旖旎江湖作画,却憾没有另一位西施。

角色

　　每人均扮演一个角色,也有人分饰数角。别人看你的背影,以为是真实肉身。携带一副面具,五官幻若画皮。身份走在躯壳前面,晴天也撑着雨伞。四季在画框里摇晃,虚构的面容被晚风吹干。一群人潜入另一群人,彼此互为伶人。入戏久了,无法从桎梏中摆脱。一个人在舞台唱念做打,原形从油彩中慢慢裂出。

初恋

那些年，我们一起追过的女孩。1980年代的上半叶，青春如同奔跑的火光。女生叽叽喳喳结伴而行，烦恼的男孩跟在后面。记得魔方开始流行，"荷东"劲曲挂满枝头。单车上坐着扎马尾的姑娘，从冬天骑进夏日黄昏。雪糕一样的恋情，溶化后黏住了害羞的五指。初恋总是让人心碎，一把吉他弹出忧伤的结局。

春节

　　没有什么比时间更快，循环的春节像一只沙漏。候鸟们飞回各自老巢，街道变得一片凄清。抄袭的祝词塞满短信，偶尔收到一张贺卡。春晚永远是恶心晚餐，主持人加起来刚好 250 岁。贴一张倒福配一对春联，鞭炮将除夕炸上了云霄。压岁钱此生再也无缘，迎财神从来也不搀和。惘然此地亦是他乡，元宵的汤团再来一碗。

虚幻

　　不信任何宗教，无须为恐惧而信仰。只尊崇我的内心，敬畏芦苇般的孤独灵魂。当肉体消逝，一切皆不复存在。既不亏欠这个世界，也不想留下遗言。万物是镜花水月，是虚幻存在，唯有活着的当下，看似真实。夜空吞噬了亘古星群，一个婴儿在火星降生。

惆怅

　　一年复一年，春节守着寂寞的灯影。用写作向旧岁告别，无奈揭开簇新挂历。音乐盒在播《走在雨中》，李泰祥的老歌听出耳茧。灵感总是姗姗来迟，死去的情节揉成废纸。错别字踢开一个句号，穿风衣的人物从小说中穿过。究竟是悲剧还是喜剧，让我始终难以取舍。出场的总是意外角色，此处需要一个惆怅。

孤岛

　　我是一座孤岛，我们都是孤岛。海鸥滑翔，充当大海的信使。人类互为镜像，灯塔悬浮在海洋深处。意识的海怪身披珊瑚，眼神掠过惊恐的水母。一只船被打捞上岸，另一只船触礁沉没。星罗棋布的岛屿，露出的只是岛尖。幽暗的内心，随潮汐隐于沟壑。海草缠绕着世事，一只海龟驮不走轻盈的灵魂。

自证

原本清晰的事物,在质疑中模糊。执拗的人,游走于真相的边界。盲动的人,从不需要实情。是风侵略了旗幡,抑或旗幡生成了风。是哑巴呼喊了聋人,抑或盲人看见了原形。拷问越来越容易,只须摆出拷问的姿态。自证越来越难,如何清除稿纸上的墨迹。混乱的激辩中,都变成了自己曾憎恨过的那个人。

肉体

　　多年不看自己的书，偶尔从书架上抽出一本。随意掀开一个短篇，字里行间均已不识。故事的男主角垂垂老矣，意外得到一段影像。画面中交媾的男女，优美得易于破碎。老翁辨出是年轻的自己，还有荷花般娇艳的情人。往事显得如此陌生，与他的衰躯分道扬镳。肉体只是寄放的行李，正如我已不记得写过此篇。

血缘

　　堂妹的婚礼，一场熟悉的陌生人的聚会。匆忙的日常阻隔了交往，亲戚的相聚借助于仪式。婚宴丧礼抑或寿诞，血缘只是短暂的虚妄。以悲伤或欢乐之名，地理意义的团圆。我们这一辈的全家福，难得这么完整。下一次邂逅，或许已白发苍苍。骨肉间的容颜千差万别，未来归于一片乡愁。

片羽

　　所有节日都是虚拟的盛宴,给普通日子烙上标签。农夫弯腰插秧犁田,知了放大了整个夏天。晨曦静美与夕阳仿佛,日出月落不期而遇。亚细亚与欧罗巴的时差,掰断了一根时针。当我们深情回眸旅程,沿途洒落时间片羽。每一天对你而言,都是一生中的唯一旅行。

弥留

　　待到暮年回首，一切忧伤将泥牛入海。往事像嫁接的植株，花在这一朵魂在那一枝。爱情起初是葱茏绿色，文学永远是铁锈灰。窄小的街道没有门帘，鸽子飞进写作者的窗户。弥留之际，从床畔捞起比岁月更轻的灯光。唯一可以证实的是，我亲自过完了一生。将人生放进一只口袋，从另一只口袋递交出去。

抽屉

　　又下雨了,雨丝瞬间涂改了晨曦。沿途园艺犹如盆景,普济路桥收集了小贩们的吆喝。小区喷泉从未出现过硬币,凝固的飞翔是天鹅雕塑。河对岸的楼房形如橱柜,肉眼看不见各家起居。每户都是一只抽屉,想象将它们逐一拉开,被抽出的人家惊愕失措,饮食男女无处躲藏。恶作剧总是特别过瘾,最好能抓个床上现行。

虞美人

　　七夕之夜,南唐的明月挂在汴京。东风送来故国往事,后主酩酊碰翻了酒盏。抚琴浅唱的歌伎,一阕虞美人诉不尽苍凉。问君能有几多愁,恰似一江春水向东流。李煜用衣袖拭去眼屎,密奏已经抵达龙椅。御赐一壶浓香鸩酒,词人的魂魄脱下黄袍。石砚狼毫宣纸,鲜血旧成了墨迹。一轴疆土展开,大雁向南飞了千年。

狐仙

　　狐仙总在假寐时潜入，以仕女的形态端坐。一面铜镜嵌在梦魇之侧，聊斋主人开始讲故事。一个鬼死了，结局是吹散的风。初啼的婴孩，为一生的悲欣而哭。红男绿女藏不住痴狂，瘦了枇杷锈了芭蕉。历经了爱恨离愁，每个人都是鬼故事的主角。美人身姿婀娜，用细笔精心画皮。公子古典的阳具，被阴气徐徐逼近。

声名

　　神马生翼,却驮不住风中羽毛。名望犹如螺壳,终须与柔软的蜗牛匹配。认知自我何其艰难,尊严高于禀赋。名利历来自相矛盾,成功乃劣迹的祛臭剂。穿上浮云盔甲,皆戴华丽面具。跻身人间戏剧,众生都有闪亮瞬间,声名不过锦鲤甩尾,冒个泡又潜入了水底。

黑暗

　　一个失魂落魄的年代,谣言从喇叭花播放出去。蒲公英四处逃亡,散落在荒岛各处。面对咆哮的大海,礁石百口莫辩。沙滩上尸横遍野,贝壳装死是公开秘密。左手阉割自由,右手扼杀真相。帮闲者手执凶器,彷徨者捂住双瞳。每个人都是黑暗王朝的污点证人,谁又能自证无罪?

降生

　　若有月光宝盒，遁回胚胎形成之前。唯一想做的是，阻止父母的邂逅。让他们在秒针的跳格中错过，继而没有我的降生。畏惧这冷酷世界，却要献媚于它。为保质期几十年的躯体，活得跟蝼蚁般卑微。人无法两次趟过同一河流，像从没来过一样。

皮肤

　　无论是疾病还是忧患，最剧烈的创痛来自皮肤之下。有些痛苦与遗憾难以名状，如同心脏被狠抓了一把。骗众生不易，骗自己更难。杂草丛生的日常叙事，更多的谣诼抵消真相。值得弹冠相庆的是，肉体终归有消逝的瞬息。届时，一场闹剧潦草收场，而忧伤的心灵，恰似野百合凋敝。

静安寺

　　每人身体里都有个孩子，我的内心种满豆蔻。中福会那边，悠扬的童声渲染草坪。所谓世界，是云声亦是水流。在鸟兽消失前，四季如衬衣般勤洗勤换。静安寺新添了金顶，簇成一团华丽废墟。被控诉的木鱼，僧侣犹如藏在冷宫。盲人穿过南京西路，斑马线上没有斑马。咖啡馆里碰翻了插花，那是春天的恋人絮语。

屏风

愁容村夫走在悬崖,崎岖的历史唢呐流传。中国屏风隔开金陵,民众是民众的傀儡。一简史书割破手指,刀俎历来用鲜血滋养。谎言的十里蚁岸,惊涛拍碎了村庄寺院,地狱悬在暴雨之下,以亡灵为名。烛火忽灭,牛头马面奔下白舌。阎王将红布穿在身上,魍魉之翼掠过长江。镰刀日出铁锤日落,乌云飘过万户窗棂。

幼蛹

　　谁用春天渲染了这片胭红，花蕊孕育日月星辰。一个背书包的少女，从花径深处走向老年，而我的青春，早已为我披麻戴孝。若问世间最烦何人？当然只能非我莫属。缘何对世事如此刻薄，只因被它玩弄于股掌之间。削瘦的冬季被青草掩埋，丰腴的春天如此慵懒。待我种下一颗幼蛹，来年收获一树蝉鸣。

愚人节

　　这个无边的早晨,空气中有怪诞的味道。鱼在天空吐泡泡,嫁接的牡丹开出桔梗。愚人节灯光很暗,小裁缝将人们的嘴缝紧。流言从无数窄门飘到广场,风筝线割断了白鸽的头颈。一匹独眼狗跛足而行,将禁令送到千家万户。电台传来张国荣的歌声,每年的今天他都会复活。诚实的谎话包裹盛世,全民在唱沉默似金。

西湖

趁还没谢顶，没被所有人讨嫌。趁老年痴呆还没光顾，孤寂的舟楫尚未靠岸。坐在西湖之畔，将可疑的风景识破。众生看似特立独行，更多却为别人而活。雷峰塔作蛊斟满雄黄，蛇精的原形竟是白堤。雨前的龙井茶，用虎跑水解梦。站在桥头看湖水褪色，潮起潮伏何必当真。

修行

　　我在人间修行，历经饮食男女。播下母语，将汉字种在垄间。寂寞是一座寺院，我是偶然的僧侣。穿着灵魂的袈裟，以佛像的姿势端坐。生活是万亩良田，却长出歪瓜裂枣。那摞手写的稿纸，诉不尽险山恶水。若不能化作玛瑙舍利，实在是辜负了今生今世。

流年

最远的声音,是夜晚的静谧之声。这一次跋涉,布满了月光和被月光辉映的荆棘。不如意是必然的,但清脆的雀鸣披着朝霞而来。所谓好的人生,是你提着一盏炙热的气死风灯,哪怕遭遇突如其来的死亡,也不会被风吹灭。当你侧耳倾听,河水带走了流年。

蛋炒饭

冰箱取出昨晚的冷饭,小葱过于新鲜。作为一只鸡的前世,不是每只蛋都有孵化的机会。切细的葱花辣了眼睛,泪光不是因为心里的委屈。打开灶火,盐缸尚满。金包银还是银包金,这是一个问题。微蓝的火舌舔着锅底,一些庸俗的香气弥漫。一杯柠檬水,唤醒迟钝的味觉。蛋炒饭应该颗颗饱满,才能嚼出意味深长。

书店

　　拐进书店总在午后,择书像穿越母语之境。厕身浩瀚纸本,整个下午被凌乱地翻动。书脊宛如静默墓碑,书名形同祭刻。作为码字人,难免萌生自我怀疑。世间已有如斯杰作,何须吾辈卑微耕耘。幻想某年某日某人打开拙著,所思所念便可复活。写作是抵挡死亡的堤坝,也许这是唯一暗示。

青春

　　又届忧伤的雨季,别忘记带一把伞。梅雨飘在故国深处,乃四季特有的例假。每年一次的缱绻,是向短促春天的告别。一粒毒种子,让邪恶的铁驹破土而出。微凉的雨冲洗着血迹,呼吸消散在夏日梅花之间。传说六月也会大雪纷飞,广场上躺着无边的现实主义。青春往事被掩埋了很多年,一些真实的虚构北雁南归。

凝视

　　我对瞌睡充满憎恨,水洼里提起一只脚印。夜色旁慵懒的河湾,青蛙公开向芦苇控诉。垂钓者隐于柳荫,真实的意图是打发时光。风把黑雀从树上吹跑,抑或飞走的只是鸟形树叶。少女将耳麦音量调至最大,音乐就可以把她吃掉。一个风尘仆仆的过客,掐碎了一朵野百合花。在我深情的凝视中,少女已白发苍苍。

和解

　　痴妄者试图主宰生活，聪慧者深知世事庞杂。人生这张废纸，用橡皮擦不净污渍。某些事以为感动了生活，其实只是感动了自己。得意是上弦月，失意是下弦月。仅仅是柳树枝的垂悬，便隔开了我与昨天的和解。月缺多于月圆，人生历来如此。更多时候，白昼被黑暗点亮。夏天的风那么咄咄逼人，水洼终于被吹干了。

儿歌

　　生命是一场意外,一片涟漪惊动了整个湖泊。乘着一念之差,襁褓形的船上传来婴啼。从人间斜穿过去,沿途风景飞快地消逝。味蕾退化得比听觉更快,肉体像秒针弯曲的钟罩。我穿着成年人的躯壳,心里住着一群小孩。指尖触及抽芽的幼苗,每个人在今晨听到了儿歌。

祭奠

　　黑夜浮现一些年轻的面孔，星辰倒映在若干年前。民谣从篱笆翻墙而过，藤蔓上挂满野浆果的忧伤。一群萤火虫捕捉了光明，向着森严的蝗巢飞行。诗人们围着战栗的烛火，祭奠一个没有爱情的季节。姑娘流下了眼泪，初恋如同被破坏的园艺。那些蠕动的土壤，萌生着最初的情愫，更深的风景里，阳光在泥土中熄灭。

悼词

　　度过一个丢失的日子,周遭变得四面楚歌。上证综指丢下一个暗示,帝都的黑昼渲染了剧情。恐惧安装在摄像头里,经过的身影皆是亡灵。松柏遗失了树荫,主人翁寄居在梦乡。大地放不下一支蜡烛,用来点亮陈旧的悼词。少年在风中倏忽长大,沧桑的面容已是中年。此乃一个虚拟的国度,具备荒诞小说的一切要素。

道歉

　　我向春天道歉,因为掐断了柳丝。我向夏天道歉,因为惊扰了蝉鸣。我向秋天道歉,因为偷摘了野果。我向冬天道歉,因为踩脏了白雪。源于过失的道歉,出自冒犯者的自省。没有过失的道歉,是给予世界的善意。天空装不下一幅油画,候鸟早已飞出画框。

邂逅

当老人吹灭最后一烛爱情,潮水声出现在失聪的耳
鼓。姑娘提着凉鞋,沙滩上拔出脚丫的形状。更多的回
忆开始毛糙,忧伤却像石膏般光滑。沿着绿植的河堤行
走,何处幻出歇脚的石椅。若从此再不能相见,何必当初
那一场邂逅。最畏惧往事像一坡荒草,焚烧后又被春风
吹成绿野。

长眠

　　若说人生是梦,死去岂不就是梦醒。梦醒为何以长眠的姿态? 无非证实了置身梦中。混乱的悖论如此严密,一幕幕往事倒映在逝川。人生俨如凋零的花瓣,落英被流水带出去很远。回忆缓慢沉入河底,水草匆忙绑住了月光。沙漏的速度越来越快,洪荒宇宙吞吐在呼吸之间。生者刚走进死者的梦境,死者却已成为归人。

背影

　　难忘的情愫停在岸上，舟楫破开了恋人的心湖。缘分如月色中一场奔袭，将思念锁在淤积的湖底。蝴蝶飞乱了河边的虚构，月光晕染了告别的季节。花儿比旧时谢得更快，候鸟一刻也不停留。孤独的人放下行李，同时放下一声叹息。琴弦用废弃的乐谱，奏出一粒绮丽的滑音。在面目可憎之前，带着彼此的背影离去。

千岛湖

县令海瑞住在新祠,夜半潜入幽深水底。鱼群探访淳安故城,水草捆绑了黑瓦枯檐。一镜湖水照绿山色,岑峰散落化作翠礁。千岛之湖被鱼竿钓起,一尾花鲢游进汤碗。沿着舌尖溯流而上,新安江水库隔离了旧年。采风的过客梦游古巷,烟雨间听一出越剧《追鱼》。江南叙事总是湿湿漉漉,吴侬软语系在一根春竹。

菜市场

　　雨篷下的菜市场,腥味掩盖了发呆的海鲜。广播里放着大桥垮塌的新闻,打蔫的蔬菜在污水中苏醒。椒盐小龙虾红得可疑,流鼻涕的男孩用脏手抓了一把。九个城管在沙县小吃门口,围观好大一副残局。危险的夏天被关进冰块,拐角有人磨着菜刀。玻璃店老板用镜子偷了一堆西瓜,摄像头记下天朝的每个细枝末节。

迟缓

在纸本的罅隙间,昆虫般蠕动的词语。语速配以诗意的手指,叙事作为背景。唯独这件事,要像表匠一样笨拙。若可以少写一册,别贪心多加一本。用更慢的慢抵挡生命流逝,静谧地勾出时间的肖像。最迟缓的那本书,需要耗尽所有的忧伤。从失散的才华里,寻找母语的秘密。

盂兰盆

　　折起一张透明人皮，放进屁股口袋，成为孤魂野鬼前，先打一个冷战。黑暗像蒲扇刮进窄巷，无面人提着灯笼般的头颅离开。一簇微亮的火苗蹿突，谁在盂兰盆节讲鬼故事？用一生作灵魂的一次行乞，骷髅却开始倒拨时钟。老树的指甲上，辨不清是蝙蝠还是歇脚的亡灵，鬼魂狂欢之后，新鲜脚印出现在清早的瓜棚。

断袖

　　我守在春秋驿站，等逆流而上的艄公。一碗米酒喝到战国午后，南徙的雁阵飞过了竹林。月满郊野时分，蟾蜍带来卿大夫死讯，石桥砸碎了自己的倒影，汨罗江用水草洗净了天空。艄公的蓑衣裹着寒气，断袖客弦下九歌离愁，诗人挣脱酒瓷的色釉，沧浪之水溢出杯沿。野花山坡有一名判官醉卧，天亮尚须半个时辰。

异见

　　凡沉湎于思考者，乃天生的异见分子。怀疑才是接近真相的钥匙，愚昧的锁孔注定被灰尘堵塞。走向真理圣殿，台阶是思维训练。只有怒目圆睁的敌意，方能撕开谎言。学不会独立判断，你只是自己的异乡人。我们之所以获得自由，是思想盛放的火树银花。

棺柩

　　在需要掩埋时,盗用了一个名额。身体的死亡只须一秒,而恶名永垂不朽。躺进透明棺柩,尸体闻自己的腐臭。蛆群从未散开,苍蝇往最左的方向飞。屠刀以革命的名义,冤魂们耳边歌声嘹亮。铝像章从年轻人胸肌穿过去,龙袍织满了补丁。红语录一噎十载,五千年文明湮灭。一粒痣具有象征意义,暴君指间的烟灰。

马尾辫

　　一个马尾少女从弄堂经过，五官重拾旧日的时光。她是另一个人，未被岁月篡改容颜。目送她纤瘦的背影，一堵爬山虎矮墙拐进了秋天。犹记得最后的回眸，向掠过的白云投去责备。虽然活在同一个时代，却再也不需要信鸽。复活的马尾辫稍纵即逝，依稀回到了晨读暮颂。在失恋中学会微笑，也慢慢失去爱的能力。

夜总会

　　从苏州河畔到北京西路，步行十五分钟。沿途落寞的风景，已看了好几年。岸上有棵骄傲的香樟树，不愿将浓荫映在河面。桥堍的书报亭，打烊前售出又一叠虚假新闻。街灯复制了一些月光，照亮夜总会金黄的纹身。松糕鞋姑娘鱼贯而入，秘史写入高开叉的裙摆。小巷深处有把轮椅，淌口水的老人对来世充满好奇。

原乡

　　无须前缀，与地域有关。对某个外省的印象，最初可能来自一名土著。异乡客背后的地理人文，令其变成族群的人格代言。鲜莼肥鲈的桃源，抑或破篱枯苇的荒村。质朴的民谣随风吟唱，而刁蛮的口碑传得更远。一方水土的脾性，流淌在古老的血脉。别以为言行仅属于自己，每个远行者都反刍出原乡的众生面貌。

钓鱼岛

　　若以国别相析，毋宁以善恶甄别。更多人喜欢和平鸽的飞翔，民粹主义却最易被口号点燃。以爱国的名义，过于宏大的叙事。为争议中的列屿，摧毁东瀛的词与物。被钓鱼的公众，义和团满血复活。真正博弈的势力，在国旗后垂帘听政。暴民转移了社会矛盾，政客们开始品尝海鲜。

岩画

可以用半禽半兽的蝙蝠证明,世界来自于胡思乱想。那个有瀑布的地方,造物的女巫扑扇着耳垂。豹子没能用泉水洗掉斑块,斑马将条纹穿在身上。最后一只古猿朝地平线走去,时间的抛物线停在了闰秒。在某个瞬间,鳟鱼惊恐地生出羽毛。另一个瞬间,灰雀的双翼长满鱼鳞。蝙蝠将潜水的动作,烙在洞穴的岩画上。

换笔

一位华裔作家,厌恶天朝的窒息。为实现精神的自我流放,宣誓用英文切断脐带。强权确实会阉割思想,将卑微的灵魂招安。镰刀铁锤下的赞美诗,足以令文学蒙羞,可一个作家,怎么舍得放弃母语?丢弃了汉字,何以安放中国故事?换笔乃个人选择,囚笼里照样有良心在歌唱。

白狐

　　萨克斯手犹如雕像，阴影比夜色更深。上流社会综合症，一颗像陆家嘴那么大的钻石。酒宴从高脚杯溢出，美人的曲线堪比花瓶。递交一个眼神，夜晚的剧情容易演砸，唇间酒精，浓烈盖过香水。浴缸倒扣在天花板，插花读出枯萎前的咒语。床单上醉着一只白狐，散发出蛋清的腥味，枕边乱草，是美人的绚丽珠宝。

临终

　　耄耋之年,至交与夙敌均泯灭了恩仇。约上残喘旧友,觅一处湖光山色。缩卵瘪乳无所谓雌雄,性别丧失多令人欢喜。槐树下喝稀粥,榆树也行。养一只会迎客的鹦哥,药瓶堆满书架。雇两个漂亮姑娘,一护士一厨娘。有人将远行,来一场为了告别的聚会。这样的临终关怀,谁来报名?

暴风雨

摇晃的车厢如同醉汉，流浪者搭车来到此地。青草结满蜻蜓，暗示暴风雨将至。当恐惧来临，每个人都像怪物。躲在民族的心脏里，妄图相互取暖。你们的距离那么远，比钓鱼岛到钓鱼台还要远。机场托运爱国者的标牌，有人先行一步。波音客机的尾气，把祖国像屁一样放掉。一个乞丐饿死在桥洞，裸露的心脏在祭坛上演说。

水母

　　一种叫灯塔的水母，传说是唯一永生的精灵。不死奥秘在于，以重返幼卵的方式复活。无限制进行这种循环，灯塔就不会熄火。恐惧寂灭的人类，是否愿成为这种神迹？交换的筹码是，将灵魂与智慧抵押给造物主，生卒簿从此被一笔勾销，不再有快乐忧悒。然而消泯了情感的永生，不是比生命凋零更残忍的惩罚？

沙漏

　　一生太短,诗歌太长。与其让旧作死于坟墓,不如葬于树下。试着将自己放入,晚霞突然掉头。少女的眼神,空悬在楼梯犄角。恋歌弯曲的旋律,守住了离别隐情。那只风铃荡飞了蝴蝶,往事遗漏了什么?挤进窗棂的雾霭,濡湿了手抄旧笺。指针向自鸣钟抗议,沙漏哗地破了,时间撒满桌面,一刹那将沙粒弄脏。

现场

去祖国的路上，导盲犬瞎了。终于走到了稻田，带芒刺的东方黄昏。狭窄的黑色长廊，每个人都似孤儿。民众伸出颤抖的手，乞求多余的谷粒。乌合之众自诩为挖井人，其实却是掘墓人。一个身影用白纸蒙住墓碑，捶拓下时代的祭文。现实的泥污扑进书房，将思想放在现场。

仇恨

　　金陵屠城的旧历，尚未翻篇。那枚叫钓鱼岛的棋子，腾挪了多年。富士山背后，菊与刀对影成谜，暂且听一首大和古歌，京都如何收藏了唐朝？武士借俳句记下恋情，歌舞伎的和服缀满樱花。用钥匙旋开东瀛之锁，这件事比仇恨更为重要。仇恨本质上，是对自身无能的一种宣泄。

父子

　　农历甲戌的那个子夜，红房子产院初啼又起。儿子皱得像大号裸鼠，尚未闭合的天门搏动。过于陌生的婴孩，令我陷于恍惚。畏惧生命的诞生，只因奇迹过于伟大。我看见他头顶的浮痂，还有宇宙般庞杂的毛细血管。蜡烛包中的他轻得沉沉甸甸，为我加冕父亲这顶头衔。而今多年父子已成兄弟，岁月在其间细水长流。

昙花

　　儿子曾问我,死亡意味着一切灰飞烟灭？我说大抵如此,他复问人生意义何在？我说给红尘留下片鳞残甲,抑或仅仅配合这种痛楚。和儿子聊存在与虚无,昙花已然开遍夜空。时间的刻度内人类过于愚昧,匮乏的认知不配追问恢宏的命题。

身体

　　我们正浸淫在思考之中,驾驭着高贵的灵魂,饥饿与性欲奔袭而来,将人类的骄傲瞬息瓦解。每当疾病将躯壳困住,谁也无法目测皮肤下的真相。背负沉重的皮囊,沿途都是虚掩的窨井。人体这座化工厂,为什么不能光合作用?抑或采取雌雄同体,豁免那些无谓的烦恼。身体既是毕生的伴侣,也是不共戴天的敌人。

分手

　　恋侣分手，自是伤怀憾事。遵循一个底线，绝不互相攻讦。所谓拆伙不出恶声，亦是个人修为。感情冷暖唯有己知，嚼舌妇正缺八卦谈资。仇恨不是解药，何苦懊恼共书的短章？檄文并非回击对方，恰恰是在讨伐自己。岁月的床单爬满尘螨，带着秘密向人间告别。

石库门

那些忧伤的鸽子,总是环绕在房梁。谁家外婆拐过弄堂,葱油鸡蛋饼的香气溅了一身。栀子花躲在纽扣之侧,发髻里掺着银白色的枯萎。弹街路旁的瞎姑娘,抓起盲书的若干部首。用指尖看一轮屋檐的落日,石库门的幻象各表一枝。老街深处口琴声悠扬,邮差再次按错门铃。竹竿晾着一床蝴蝶,被风吹进民国的灰墙。

采风

　　脚步生锈时，来到一处新旅游地。更多人对着风景区抒怀，用照相机标注到此一游，却不知湖光山色之间，无非一庙一亭一塔一坟。采风人更钟情被忽略的深宅，去老街探访土著，或流连在喧闹集市，将脏兮兮的苍蝇店藏于味蕾。原生态的人文，更逼近当地的内核，若只为走马观花，买一打明信片比原貌更美。

眼缘

有一种遗憾的错过，来自于眼缘。与一见钟情的异性擦肩，鼓不起勇气问候。目送背影消失在人海，此生或许再不会邂逅。相看两不厌只有敬亭山，是审美的一叶障目。如若某人顺眼，便觉万般皆好。如若某人讨嫌，便觉一无是处。粗看是瞳孔的投契，细究乃暗藏在芸芸众生中的馨香。

红烧肉

　　将肥瘦相间的五花肉，浸入料酒。趁去腥的一小时，绯闻被捞出来沥干。用八角茴香和姜，煸出香味。放生抽还是老抽，一直是个伪命题，就像老汉与姑娘在一起，扯不上道德。入口即酥的感觉，需要煨半个世纪。用大火快速炒出糖色，出锅装盆。红烧肉历来是外婆的专利，和外公无关。

微博

　　微博是公开的日记，也是致灵魂的情书。最大的尺度不是裸体，而是将思想交给陌生公众。虽然先贤已将世间道理讲完，就像衣橱变不出第五个季节。可在一个中世纪国家，常识必须突破谎言。用围观的方式，目睹天朝之怪现状，指尖流出多余的废话，归纳成一册私家断代史。

自恋

　　自恋当然是值得称颂的品行，悦己怎会是一种罪过。一个人设若连自己都嫌弃，又奢谈去爱他人。此生唯一不离不弃的行李，正是你如影随形的肉躯。自恋何尝不是自信，证实了你并非虚构。生活这个破烂的舞台，如何华丽地登场。无数孪生的虚影，正在观摩你没有剧本的演出。

谣言

谣言就像颠簸的沸水,总是比真相先行煮开。隐秘的鼠群穿梭巷陌,蟑螂围着泔水桶打圈。密封的出租车塞满了传闻,政治的黑色尾气。鸽群保持队形,被一纸禁令炸成碎块。警察匆忙扔掉烟头,将真相碾灭在靴底。用恐惧勾兑的烈酒,斟满了杯弓蛇影。一个中年人剔着牙走出饭馆,未经证实的消息打起饱嗝。

浪漫

　　只是为了某个瞬息，期盼中的节日。蕾丝将橱窗扎成礼盒，这是美眉的盛宴。卖花的小女孩，追逐着水晶高跟鞋。西餐厅里等待一场电影，爆米花的奶香。若两情相悦，浪漫总是泛滥成灾。若心不投契，玫瑰烛光枉成布景。置身窗前月下，公主情结被再次招魂。女性痴缠的幻觉，本质上是被想象中的爱情所感动。

缄默

所有异见缄默,正确的手掌挡在中央。一根针缝住嘴唇,常识关进牙齿的闸门。捂紧耳朵,让听觉生满老茧。红布蒙上双眸的时候,眼帘的牢房囚禁了光明。不说不听不看,一切与吾辈无关。任由谎言的神笔马良,令乌托邦之舟撞进海市蜃楼。触礁之前,骗子们早已上岸,邪恶的狼毫还在墙上涂鸦,屋里挤满了白痴。

末日

倘若 2012 末日来临，我会涌起一抹悲伤。置身驶向寂灭的硕大棺船，旋即无比欣喜。必然降临的节日，落在这个世代，玛雅预言即将兑现，何等幸运的使命。终点无须审判，众生归于平等，第一次也是最后一次，消灭了社会与阶级。伟大的瞬间中泰然赴死，亡灵互致问候。繁星目送漆黑的地球，卷进恢宏的混沌画卷。

祖国

　　无论用哪把标尺定义祖国，都不会是王朝和权杖的同义词。山水相连的故土，流淌着光荣与梦想。辟邪的茱萸插在高山，青草深埋历史的枯荣。祖先的坟茔秋蝉凋零，故纸堆里金戈铁马。母语漫溢芳香之气，江水弹奏赤子情怀。哪怕身处异域陌壤，无法割断血脉传承。村野垄间臧否世事，乡愁的栖息地炊烟如昨。

相恋

　　男女交往，不会无故喜欢一个人，剔除一见钟情的老套说辞，必是被对方附属物所吸引，譬如才华譬如权势，譬如外貌譬如金钱，以这个诛心之论，爱情都是刻意的盆栽。用洁净的晨露，浇灌暗夜的花苞，既然假装单纯，何苦归于诗意。没有人目睹如何萌芽，却看见凋敝的下场，相恋恍若嫁接的玫瑰，无非各取一枝。

守时

　　守时是最基本的践诺,迟到等于暴殄他者光阴,期间蝌蚪化作了青蛙,昙花的凋谢时不待我。别人的年华没有一秒多余,凭什么为卿虚掷? 别对延误轻描淡写,唯一不能赔偿的是永逝流光,素来迟到者,近乎慢性谋杀。自私的恶习绝非小节,映射出有无敬畏之心。对盗窃时间的惯犯,一律从心中拉黑。

客雨

　　路灯又冷又饿，老租界的骑街楼瘦骨嶙峋。客雨带来邻省的酒气，电梯旁新换了广告。白蚁共和国正在迁都，海上旧梦被蛀空多时。送快递的男孩冻僵了喉咙，女主人往铁锅里捞一勺浓油赤酱。手机铃催促着赴夜店的美眉，据说陌陌比微信更适于约炮。一张废电影票被穿堂风追得乱跑，褴褛的红灯笼是去年春节的道具。

亲历

　　某一天但凡被赋予了特殊涵义，多数人必趋之若鹜。理由是，错过将抱憾生悔。难遇的月全食焉能不识，偶得的流星雨不该缺席。今宵圣诞无比珍贵，明日情人节亦不复重来。用亲历证明存在，集体无意识的狂欢，乏人领悟寻常日子也不复第二次，波澜不惊之下同样隐藏深意。

普洱茶

　　诸葛纵擒孟获,拄杖插在云之南。茶树霎时漫山遍野,野史即正史。旭阳深雾红壤,肥厚的叶片宛若佛唇。南糯山被笋叶捆扎,炉火试图煮沸澜沧。铸铁壶里大河奔腾,汤色氤氲了茶马古道。陈香回甘喉韵,用一片树叶收纳枯年。葫芦丝演绎了普洱故事,文人骚客的废墨。七子饼摊晾在傣家竹楼,花腰姑娘乌发如缎。

自由

　　宁愿是饿毙的豹子,也不成为撑死的家豕。为信念招魂,流浪的风四处撒野。一尾鱼镌刻于陶罐之侧,游不进积满雨水的容器。织锦缎开遍烂漫牡丹,与春华秋实的涅槃无缘。穿上自由的外套,成为不羁之人,哪怕人生已是残局,也要恪守落子无悔。比喻是跛足的,警惕所有卑微的暗示。一边迂回,一边拱卒而行。

离乡

童年时攒的星星，藏在储蓄罐里。青春好不经用，变成萤火虫飞走。在更早的早晨，炊烟逸出村庄的天际线。旧毛衣在民谣里起球，乡间斑驳的光与影。那些被填埋的河浜，像墨汁画出的伤口。坐上铁皮轮渡抵达城市，方圆廿里皆是霓虹。告别田野的青葱往事，贱贱的小爱情，犹记得用一记重拳，将情敌击倒在春天。

宿敌

不是所有伤口都需要愈合,结痂是怯懦的悼词。当同辈人渐次凋零,徒剩下苟延残喘的呼吸。在濒死之际,怀念你爱过和恨过的人。那些忽明忽暗的人生,教会你如何避开刀锋。脏手指摘下笔帽,何须修改遗言里的错别字。酒杯摇晃的往事,皆付之一场宿醉。

阅读

　　用阅读抗拒孤独,书签上印着版画。读书人始终缺一册书,恰似女孩永远少一件衣裳,在缓慢的赏析中,救活若干词语的亡灵。当我经过了一首诗,雨夜的水滴声顿生蹊跷,那些苍老的叙事,总让人涌起一丝缱绻。象形文字的饕餮野炊,勾起了篝火旁猎手的回忆。一个短句将我击中,如同涟漪激荡了湖泊的心。

外滩

　　占领军早已入鞘，留下金融街遗址。自鸣钟准时报晓，公鸡却是破锣嗓子。码头铜人魂飞何处，吴淞口的沙船帆影绝踪。浦江汇入西太平洋，租界的屈辱逆袭成传奇。多少人将外滩视作馈赠，胸臆未曾堆起块垒。欧洲老城的赝品在江岸奔跑，万国建筑博览会免费入场。漫步时辅以优雅姿态，用糖纸裹起暮光中的魔都。

盲走

　　驮着冬天这件行李，走到了暮年的村庄。喧哗恍若疾草，思想的地平线有多远，不担心纸鹞飞高，只因线锤擒在掌心。人生不停盲走，跋涉中能否获得地图。世间的道理早已讲完，我们仍须鹦鹉学舌。谁无几回厌世，试图用回忆追上灵魂。当你自以为清醒，怎会去捕风捉影。面对荒诞的时代，又何苦跟这个世界废话。

积雪

寒冬为讨好春天,借一床白被将去年覆盖。有人用积雪刻出姓名,期待日光将旧我溶化。上海的早晨难得清寂,雌雄候鸟皆飞往老巢。打开冰箱安放年货,除夕要吃硫磺馅的饺子。吐槽春晚是传统零食,微信积满了群发祝福。昨夜好梦被尿憋醒,隔宿书生在茶壶里发呆。冷得彻骨才会萌生爱意,电脑循环着一首老歌。

婚姻

尘世之间，没有比婚姻更不浪漫的事。一对老灵魂的晚餐，日子是挂在衣架上的旧衫。不同背景的男女，用什么许诺一辈子厮守？若是为了繁衍，未免丧失诗意。安全感是另一道答案，海誓山盟从唇隙爬过。爱情这个词倒是从不缺席，却只是一场可疑的化学反应。如果仅仅需要一名伴侣，孤独比任何人都要忠诚一些。

快进键

　　人生就是一盒录像带，诚实的磁条记录到终点，我常有个冲动，用遥控器快进到底。抿一口冷咖啡，旁观自己的下场，是优雅地死于意外，还是可耻的善终。眉头锁住苍老的往事，回忆穿针引线，沮丧的是，快进键永远卡在最近的一秒。当我试图倒带，从来未获允许。最后一粒牙齿种入泥土，听见满树花开之声。

女巫

　　尘埃无限大,宇宙无限小。寂寞旋转的文明,旧星球
蜕去死皮。一群遗落的猿猴,来历恐难自圆其说。星际
间的异地恋患者,加速繁衍只为拖延末日。时光在虫洞
航行,万有引力不邀自来。将银河系发配塞外,人类的悬
梯爬不到云端。终极无意义的母题,答案存疑于深瞳。
只因一个叫幻觉的女巫,傲慢地捏出了地球。

迷藏

　　我把青　　儿放在你那儿,你为什么将它转赠。一个眼神将我束之高阁,月亮的嘴形笑得太弯。亡灵命令我用假声念出开场白,其实也是一句悼词。越是依恋孤单的背影,越是驮不起沉重的白云,灵魂在花花世界潜伏多久,才能躲过一生的迷藏。这是谁的颠沛流离,速来目的地认领。

四季

　　假如不想错过花开,只须养一株含苞的绿植,每片幼瓣都是杂花生树,用飞絮比喻多余的浪漫。盛夏又来了,失恋者在郊外孑然神伤。梧桐腋下更孤单的身影,深秋是一筐腌过头的蜜饯。当腊梅静止,那么多海誓山盟毁于冬季。没被爱杀死过,怎么配得上伟大青春。

清明

青团裹着对逝者的思念，作为节日吞进胃囊。国人爱用米面烘托意义，譬如粽子譬如元宵譬如月饼。死亡乃与生俱来的绝症，清明时节晨露恰似泪滴。扫墓人熙攘在高速公路，细雨中锈住的铁虫子。被花束唤醒的坟茔，一些回忆随青草摇晃。我若死后，不要长眠于黑暗的地棺，撒于万古江河，糅入无边无际的春天。

禽流感

　　猪面怪鱼溯流而下,春天在江水里浮肿。谎言寄生于腐烂根系,意外总是不约而至。瘟疫是一种惶恐之症,比死亡更诡影重重。病毒从喙尖开始传染,黄历上哪一天写着末日。胆小鬼试图用口罩呼吸,将过滤的天空吸进肺叶,官府的网兜历来威武,鸡鸭被扑杀在活禽市场,而那盒板蓝根冲剂,是治疗社会秩序的神药。

花名册

　　横眉睥睨魔幻现实,帝国腐败的腹地。权杖矗立在衡器一端,命令秤砣为自由称重。当恐惧控制了思想,如何为呼吸画像。一切组织皆食人兽,密室内谎言的共识。国家乃甲之蜜糖乙之砒霜,自由才是最大世俗单位。一个无政府主义者藏于绉褶之处,花名册上查无此人。

溶化

　　坐便器上访问哲学，哲学授予人类一个便秘。带着体温的化工厂，排泄是血肉的形而下学。此时此刻，胡思乱想的水流在淋浴房爬行。人体主要成分是水，为何冲淋时未被溶化？短促一生循光而去，剩下为数不多的寓意。每个人都诞于忌日，降生的意义消融于阴影之中。

暗示

是最初的迷惘,抑或终极的恐惧。菩提树下王子开悟,从此不惑于浊世。佛祖的肉身凡胎,涅槃于指尖的轻捻。掌心一盏燃灯,莲花是解释世界之一种。执迷者内心的魍魉,禅机何处寻踪。用一座寺庙寄托信仰,借一滴净水醍醐灌顶。极乐世界天女散花,皈依更多是自我暗示。恒河从心中流过,可曾知众生原本皆佛。

书法

　　书桌再大只能载一张宣纸,端砚歙砚哪个研磨更浓。以悬梯的手势,部首如同剥开蒜瓣。狼毫还是羊毫,镇纸是稗官的孤证。笔尖晕染永字八法,魏碑狂草是两种禅意。欺石刻不会说话,拓一次薄一层。墨汗掉在地上,宣告一个偏旁的猝死。用丹田挥毫,每个笔画都墨迹未干。母语的脸盲症患者,已辨不出一个汉字。

尾椎

　　本质上，我们是通体透明的猴子。突然转身，足底忘了展出双翼。山顶洞人住在胃里，看寄生的菌群跳舞，五颜六色的内脏，血液哗啦啦奔腾。螨虫扒开汗毛的柴扉，砌灶烧水，原始的迁移自小腹启程，丧失了脚蹼的乐趣。从肚脐到臭氧层，只一步之遥，阴阜与石柱的暗示，近在咫尺。白垩纪的一根尾椎，历来指向不明。

真相

在真相出现之前，一切谣言都是真相。风起于青萍之末，聚于云巅。镜子锁入铁盒，黑暗吞噬了反光。植株困在泥盆，根须幻出叶子的形状。一把伞的恸哭，纪念的是冰冷的大雨。种子躲在阴天的屋檐，瓦片间茂盛的隐喻。借一片风拨开浓雾，秘密是最大的异己分子，而谎言这只怪兽，狰狞地咬住了历史。

后　记

　　自从 2010 年春天注册了新浪微博,占用了不少阅读写作的时间。为不让文字偏废,闲暇就用微博的 140 字写一些小品。很快发现,被限制字数其实是一种很好的文学和思维训练,迫使你珍惜每个字乃至标点符号,比不加约束的写作更富挑战。

　　这些带一点诗意的短章,不属于严格意义上的诗歌,更像是一种富有韵律感的长短句。逗号句号逗号句号,写完一段,贴在微博上。第一篇写于 2011 年 9 月 29 日,末一篇写于 2013 年 4 月 29 日。一年半时间。不知不觉攒了 128 篇,够出一本类似短诗集的小册子了。

　　原文均无标题,成书前另加。所以,这完全是微博的副产品。

图书在版编目（CIP）数据

时间草稿/夏商著.—上海：上海三联书店,2013.6
ISBN 978-7-5426-4227-1

Ⅰ.①时…　Ⅱ.①夏…　Ⅲ.①诗集－中国－当代
Ⅳ.①I227

中国版本图书馆 CIP 数据核字（2013）第 110632 号

时间草稿

著　　者 / 夏　商

责任编辑 / 殷亚平
装帧设计 / 方　舟
监　　制 / 李　敏
责任校对 / 张大伟

出版发行 / 上海三联书店
　　　　　（201199）中国上海市都市路 4855 号 2 座 10 楼
网　　址 / www.sjpc1932.com
邮购电话 / 24175971
印　　刷 / 上海师范大学印刷厂

版　　次 / 2013 年 8 月第 1 版
印　　次 / 2013 年 8 月第 1 次印刷
开　　本 / 787×1092　1/32
字　　数 / 35 千字
印　　张 / 4.375
书　　号 / ISBN 978-7-5426-4227-1/I·717
定　　价 / 28.00 元

敬启读者,如发现本书有印装质量问题,请与印刷厂联系 021-57123907